天国郵便局より
おとうさん、
おかあさんへ
さめじまボンディング
クリニック院長
鮫島浩二
絵・松倉香子
二見書房

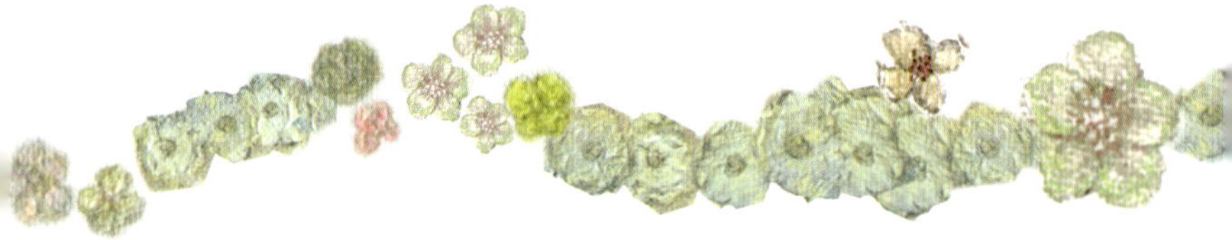

はじめに

産科医になって三十年、
数え切れない喜びの涙のかげで、
いくつもの悲しい涙にも接してきました。

そして
誕生死（流産や死産）にはどんな意味があるのか、
赤ちゃんへの悔悟《かいご》の情をどうすれば軽くできるのか、
ずっと考え続けてきました。

この本には、
「天国郵便局より」と「わたしたちは忘れない」
の二つの詩を収めています。

「天国郵便局より」は、つらい経験にとまどい苦しむ
おかあさん、おとうさんに、
赤ちゃんが語りかけます。

「わたしたちは忘れない」は、
クリニックのスタッフ全員の思いです。
つらい経験の記憶がじゃまをして
一歩踏み出す勇気を出せないでいる方に、
わたしたちがどこまでも寄り添う覚悟を
もっていることを、伝えたいのです。

二つの詩が、心を静め、
ふたたび歩み出すきっかけとなり、
さらには新しい命を吹きこむ一滴となるように、
心をこめてお贈りします。

天国郵便局より

天国郵便局より

おとうさん、おかあさんへ

おとうさん　おかあさん
悲しい思いをさせてごめんなさい。

天国を出発する前、神様から
「おとうさんたちと一緒にいる時間は
短いですよ。
それでも行きますか？」

と聞かれたとき、
本当にショックで、悩みました。

しかし、あなたたちが仲睦まじく
結び合っている姿を見て、
わたしは地上に降りる決心をしました。

たとえあなたたちに悲しい思いをさせても、
たとえ一緒にいる時間は短くても
あなたたちの子どもに
数えられたかったからです。

そして私の夢はかなえられました。

おかあさん、わたしは確かに
あなたの胎《たい》から生まれましたよね？
おとうさん、わたしは確かに
あなたの血を受け継いでいますよね？

わたしは永遠にあなたたちの子どもです。
そのことをわたしは誇りに思っています。

いまわたしは、あなたたちと共に過ごした、
短いけれども楽しかった日々に思いを馳《は》せ、
わたしに続き、
あなたたちの家族になりたいという
きょうだいたちに
あなたたちのことを自慢する日々です。

わたしは親戚のみんなといっしょに
元気にしていますので、
もうこれ以上悲しまないでください。

そして心から、「わたしの選びは正しかった」
と言わせてください。

泣きたくなったとき、
空を見上げてみてください。
わたしたちの姿が見えますよね。

まだかなあ？と愚痴《ぐち》っている
きょうだいたちを早く迎えに来てください。

わたしは永遠にあなたたちの子どもです。
そのことをわたしは誇りに思っています。

わたしたちは
忘れない

わたしたちは忘れない

“いのち”を守るために
必死に戦っていたあなたの日々を
“いのち”を手放さざるをえなかった時、
流したあなたの涙を

それがどんなに悲しく
耐え難い試練だったことか・・・
わたしたちにはわかります、
あなたの心のさみしさが

なぜなら、あなたといっしょに、毎日、
失う寂しさと向き合って生きているから

わたしたちは信じたい

“いのち”を得るために
ふたたび歩き始めたあなたの勇気が
“いのち”をついに両手でつかみ取り、
喜びの涙で報われると

その日までどんなに長く
耐え難い日々であろうとも
わたしたちは支え続けます、
あなたの不安が軽くなるように

なぜなら、あなたといっしょに、毎日、
つかみ取る希望と向き合って生きているから

わたしたちはあなたたちの応援団

おそるおそる立ち上がり始めたあなたに、
わくわく準備しているあなたの“いのち”に
心からのエールを送ります

さあ、いっしょに歩み出しましょう！

あとがきに代えて

平成18年1月1日、埼玉県熊谷市の広々とした畑地の一角に、さめじまボンディングクリニックを開設しました。

ボンディング（bonding）とは「きずな」の意味です。「単なる産ませ屋にはなりたくない」という長年の思いを詰めこんで、プレママクラス、リーブ法母親学級、分娩時の親子のボンディング、べビーマッサージなど、親子のきずな作りに役立つプログラムを実践しています。

開院にあたって、「クリニックが目指すもの」を、大事にしたい順番に七つ掲げました。ひとつ目は「特別な理由がないかぎり妊娠中絶はしない」こと。命を産み出すオアシスでありたいからです。

そして二番目に掲げているのが、「患者さんに優しいクリニック」です。妊婦さんには申し訳ないですが、ここで言っているのは、「誕生死（流産や死産）を経験された方、望児《ぼうじ》にがんばる方、婦人科系の病気と戦っておられる方々」など、つらい思いをもちながらクリニックにいらしている患者さんたちのことです。

このような方々の心に寄り添い、希望を失わず、喜びの日が必ずやってくると信じて、ゴールまで一緒に歩いていきたいと思っています。
　ちなみに、わたしたちのクリニックでは不妊という言葉は使いません。「赤ちゃんを望む」ということで、「望児」という言葉を使っています。

「おなかの赤ちゃんはどれぐらい大きくなっているだろう」――期待に胸をふくらませてクリニックにやってきたおかあさん・おとうさんを、奈落の底に突き落とすのが誕生死です。
　妊娠初期なら子宮内を搔爬《そうは》する手術で、中期以降の場合は生きている赤ちゃんを産むのと同じように分娩という形で対処します。また、おなかの中では元気だったのに、生まれてわずか数時間で亡くなってしまう赤ちゃんもいます。

「なぜ、こんなことになったの？」
「なぜ、わたしの赤ちゃんなの？」
「あれをしたから悪かったのではないか……」
「もっと気をつけていれば……」

誕生死を経験したおかあさんは、それがどうしても避けられないことであったと理屈ではわかっていても、自分を責めます。不節制や不注意、思いの弱さのせいではなかったかと、いつまでも自分を責め立てます。

赤ちゃんへの罪悪感にさいなまれ、悶々といたずらに年を重ねることに焦りを感じつつも、恐れと不安で前に進めなくなり、時間を止めてしまうことも少なくありません。

「天国郵便局より」の詩は、そんなつらい現場で、たくさんの涙をともにした経験から絞り出された一編でした。

さめじまボンディングクリニックでは、初期流産された方が退院されるとき、体調管理や気持ちの整理のアドバイスなどをまとめたオリジナルの小冊子を差し上げるのですが、この中に「天国郵便局より」の詩を組みこんでお渡ししています。

妊娠中期以降に亡くなられた赤ちゃんは、お別れのセレモニーで送り出しをします。セレモニーにはスタッフ全員が参列し、このときに、分娩のときの映像と「天国郵便局より」の詩の歌を編集したDVDを、天使のぬいぐるみとともにお渡ししています。

　また毎年クリスマスには、院長（わたしです）がサンタクロースになって、スタッフが手作りしたさまざまなプレゼントやカードを、中期以降の誕生死を経験したり、障害児の育児を頑張っているご家庭などを一軒一軒訪問してお渡しするのを恒例にしています。
「わたしたちは忘れない」の詩は、つらい経験のあと、とかく引きこもりになりがちなご家族に向け、スタッフ全員の思いをこめて、このとき一緒にお渡ししています。

この二編の詩は、すでにあちこちで独り歩きしています。

この本が、誕生死の経験者のみならず、東日本大震災や、不慮の事故、ご病気でご家族を亡くされた方々、望児の戦いに疲れて一休みしている方々、悩みや病気を抱えながら病院へ行く勇気を失った方々に、慰めと勇気を与えられればうれしく思います。また、生命と死を扱う医療者たちに、何らかの示唆を与えるきっかけになることを願います。

2012年5月

鮫島浩二

鮫島浩二

さめじま・こうじ——さめじまボンディングクリニック院長。医学博士。1981年東京医科大学卒業。木野婦人科副院長、中山産婦人科クリニック副院長を経て、2006年さめじまボンディングクリニックを開業。日本臨床アロマセラピー学会特別顧問、国際ボンディング協会前理事長。おもな著書に『わたしがあなたを選びました』（主婦の友社）『命をつなぐ絆の話』（アスペクト）などがある。
さめじまボンディングクリニック HP　https://bonding-cl.jp/

絵・松倉香子

まつくら・かおり——1969年東京生まれ。専修大学文学部卒業・書籍装画、雑誌、広告、webなどで活動中。2010年ザ・チョイス大賞受賞。

「天国郵便局より」は歌になり、CDが販売されています。
『天国郵便局より　おとうさん、おかあさんへ』
諏訪桃子（ソプラノ＆リーディング）、腰塚賢二（ピアノ）他
発売元——株式会社リアルドリームプロジェクト　コンテンツ事業部
販売元——リアン音楽事務所
問合せ——info@suwamomoko.com

天国郵便局《てんごくゆうびんきょく》より　おとうさん、おかあさんへ

著者　鮫島浩二《さめじまこうじ》

発行　株式会社 二見書房
東京都千代田区神田三崎町 2-18-11
電話 03（3515）2311〔営業〕
03（3515）2313〔編集〕
振替 00170-4-2639

印刷・製本　図書印刷株式会社

乱丁・落丁本はお取り換えいたします。定価・発行日はカバーに表示してあります。
ISBN 978-4-576-12071-3
https://www.futami.co.jp